# Ce qu'elle veut voir

# Tome 2

Édition : BoD – Books on Demand, 12/14 rond-point des
Champs-Élysées, 75008 Paris
Impression : BoD - Books on Demand, Norderstedt,
Allemagne
ISBN : 9782322252503
Dépôt légal : Octobre 2020

**Neimad Siobud**

# Ce qu'elle veut voir

# Tome 2

# La pension alimentaire

## 1) Un terrain familial

*À nouveau bonsoir, Madame Gauvain,*

*Je précise que pour ce prix, il va de soi que la parcelle de bois sera vendue en l'état.*

*Cordialement,*

*Neimad Siobud*


*– Bonsoir, Madame Gauvain,*

*Je serai présente le 27 prochain et consens à la vente de la parcelle de bois au prix proposé, en l'état.*

*Cordialement,*

*Clarice Anjou*


*– Neimad, lorsque vous étiez à Fromentine, je t'ai reposé la question de la vente de ce bois. Pour ma part, je ne vois aucun inconvénient à ce que tu l'achètes.*

*C'est toi qui as dit que c'était loin de chez vous. Et plus tôt, tu avais écrit dans un mail que vous preniez goût aux gîtes ruraux, et que l'argent de la vente et ton achat du bois vous permettraient d'y aller plus souvent.*

*Enfin, Christiane (Kiki) a dit plusieurs fois qu'elle ne voulait plus dormir dans la caravane, d'où elle ressortait pleine de piqûres d'insectes, ce qui n'est pas surprenant.*

*Bref, il semblait clair que vous n'en vouliez plus et je ne comprends pas ce revirement.*

*Je le respecterai, évidemment. Peux-tu juste te décider rapidement, que ces acquéreurs ne nous passent pas sous le nez si tu ne l'achètes plus ?*

*Ce qu'elles souhaitent faire de ce bois ne nous regarde pas. Elles ont peut-être des enfants, enfin, c'est elles que ça concerne, non ?*

*Non, je n'étais pas à la signature du compromis, je travaillais et ne vois pas en quoi ça peut m'être reproché.*

*J'espère que le généraliste rencontré mardi a pu soulager tes maux.*

*Bisous,*

*Clarice*


*– Bonsoir, Clarice*

*Non, il n'y a pas de reproche, plutôt au cabinet qui me prend pour « rien », mais oublie. Au contraire, toi, tu m'informes alors que c'est, il me semble, leur boulot d'informer sur leurs tarifs.*

*Oui, je suis lent et je t'avoue que tout ce que tu as réécrit est sans doute juste, mais je me réveille, réalise qu'il faut qu'on se bouge un peu et que nous avons, maintenant que j'ai le tarif, les moyens de réfléchir.*

*Disons que j'étais un peu frileux et que désormais, il fait chaud… De toute façon, on n'aura jamais l'endroit idéal, et au contraire, celui-là, je peux me l'autoriser, peut-être même emmènerai-je Christiane à la poterie et par temps sec, irai-je me défoncer au bois (c'est la direction). En tout cas, on a envie d'une petite propriété sentimentale et peut-être comme toi hier, je repensais fort aux qualités de papa qui compensaient les manques de maman. Je repensais à tes qualités aussi et tu m'as fait entrevoir des joies de la propriété immobilière avec Fromentine.*

*Christiane pense que Noirmoutier a été fatigant pour nous, c'était parfois difficile, oui, mais rien d'insurmontable, tu m'as mis un coup de starter et ça fait du bien. Aujourd'hui, j'ai sauté un repas et l'esprit est bien plus clair et allant (j'ai bien en trois semaines perdu quatre kilos, même si ça ne se voit pas).*

*C'est pour ça, le rêve d'un bois comme celui de Franck, j'oublie, c'est source de complications, connaissant Franck et l'autorité d'Aline, je simplifie. Kiki est douillette, mais les moustiques n'ont pas le paludisme et on s'est déjà bien éclatés au bois (même après un départ vers lui à quatre heures du mat pour couper du bois par moins quatre degrés en février).*

*Je vais essayer d'arrêter d'en vouloir à Dave, mais il aura semé sa zizanie comme si à l'époque, on n'avait pas assez à réfléchir (... moi, en tout cas !) À quelque chose malheur est bon : je prends, et aimerais faire les choses dans l'ordre, je n'étais pas si pressé de dépenser l'argent de la maison, comme le souhaitait maman, pas plus que de payer du foncier dont, jusque-là, on s'est affranchis.*

*Enfin, j'ai pensé tout ce que j'ai dit, comme Kiki, mais c'était AUSSI pour se faire une raison.*

*Et je n'avance pas vraiment dans ma profession, ou tout du moins à tâtons : j'ai un peu besoin de concret, un terrain, un projet, une attache aussi pour les quatre-vingt-dix ans de papa. Ça, c'est nouveau.*

*Tu m'as parlé de déclic, je crois... En fait, c'est peut-être que je renonce au bois ou à la maison en Mayenne pour plus humble près de la Mayenne, c'est ce dont ces deux nobles femmes ou femmes nobles m'ont fait prendre conscience. Je serai propriétaire à cinquante-six ans de pas grand-chose, mais pas de « rien ». C'est pour moi plus que symbolique et c'est spécial à moi/nantis. Je ne suis pas nanti avec ma petite santé, rien que comparé financièrement à tout le reste de la famille. De plus, la moyenne des revenus est, il me semble de 1600 euros à 1800 euros en France, j'en suis donc loin : tu connais mon revenu, de toute façon.*

*Bisous, Clarice, merci pour ta sagesse acquise et prouvée, dans ton ton, tes mots dernièrement.*

*Je t'aime.*

## 2) Maman, Est-ce que je te malmene ?

*C'est aussi ce que tu dis de ta fille.*

*Quel est ce nouveau chantage à l'argent ? Clarice m'en a déjà fait un quand j'étais au Port-de-Juigné (qu'elle a, je suppose, oublié et j'avais bien compris que c'était une carotte).*

*Nous avons toujours déclaré une **pension alimentaire**, d'où vient cette invention « avance sur héritage » ? La seule que j'aie demandée avait été pour faire vivre le musée en investissant, elle m'avait été refusée par papa.*

*J'ai besoin d'éclaircissements. Clarice est meurtrie et je ne sais pas par quoi.*

J'ai pour habitude de dire ce que je pense, parce que je le pense, pas pour faire du mal. Si le téléphone arabe fonctionne mal, coupons-le.

Pour l'instant, je fais, même si difficilement, et tout cela me décourage de continuer.

Je n'ai jamais demandé de subvention, ce que j'investis est sur les économies que je fais en restant chez moi.

Êtes-vous bien sûres que vous voulez mon bonheur, toutes les deux ? Ça ne me saute pas aux yeux.

Désolé, vous ne saurez plus jamais rien de ma vie, ayant beaucoup trop de mal avec les vôtres. Je vois que je gène.

Bonne journée,

Ne me téléphonez plus, c'est grave. »


– Je ne peux pas reprendre exactement les mêmes phrases, mais mon esprit s'accroche au besoin de se protéger et de s'entraider au sein d'une famille.

Je repense à : « Diviser, pour mieux régner ». Je crois, avec l'éducation que j'ai reçue, que c'est ce que veut faire le diable. Mais cette éducation me dit aussi que c'est l'esprit du bien qui sera vainqueur, car j'en parle à une force supérieure en qui j'ai confiance.

*Bisous,*

*MAMAN*

*– Maman, tu écris dans le vide, et sur un nouveau message.*

*Peux-tu tout simplement répondre sincèrement et franchement (pour la troisième fois, excuse-moi) ?*

Maman me laisse un message sur le répondeur disant qu'elle n'est pas malmenée (je réaliserai qu'elle n'ose pas blesser ni ma sœur ni moi. Elle ajoute que « c'est une pension alimentaire, pas un prêt ». Dans un message qu'elle me laissera quelques jours plus tard, elle dit juste pour faire le point « qu'on en est à 125 euros par mois » — elle confond peut-être avec le montant du diamant de sa platine disque, car Clarice lui a demandé des comptes, je suppose. Voyant la merde mentale que ça me crée, avec Christiane, nous avions décidé de baisser de moitié, pour gérer aussi l'urgence, la jalousie critique de Clarice, car ce beau-frère et ma sœur me rendent fou. Ce dimanche 23 août, nous sommes décidés, sinon on va finir par s'emporter avec cette aide alimentaire. Christiane assume, sa curatelle aura intérêt à réagir vite et à assurer, car Kiki veut garder une/la voiture, au moins pour mamie, pour aller au Mans aussi (hôpital, orthopédiste…) Moi, je sais qu'on ne pourra pas en-dessous de ces 125 euros (je ne sais même pas si les 125 suffiront pour la garder, la C3 est de 2007, elle a 90 000 kilomètres. Alors, il faudra qu'elle soit toute à Christiane. Les joints vieillissent, elle a bien compris et a besoin de l'avis de la curatelle. Elle sait qu'on a ma carte bleue, qui nous aide avec le *Net* (peut-être sans voiture ?), du fait que je ne suis pas sous curatelle (sous curatelle : ni chéquier, ni CB). Nous refuserons catégoriquement ma sœur ou mon beau-frère comme curatelle pour moi. Comme dit Kiki, la curatelle aura peut-être besoin de temps pour étudier le dossier (c'est vrai qu'avec elle, les choses ne vont pas vite, mais on n'a pas le choix, ni trop à se plaindre avec les curatelles. De mon côté, l'association tutélaire ne me prend pas pour le conjoint de Kiki et réagit peu à mes mails : si j'écris qu'ici, l'essence sans carte bleue n'est jamais sur notre route, je crains de ne pas être lu).

# Chez nous, on a un besoin fou d'amour

## 1) POUR MIEUX SE COMPRENDRE…

Ce soir, je réalise que ma sœur, comme mon père, comme moi, nous avons un besoin fou de reconnaissance, d'amour.

Je viens de découvrir que c'est ce qui crée ses jalousies maladives — alors qu'elle n'a rien à m'envier —, son besoin de paraître, ou juste d'ordre dans sa tête — alors qu'elle a tout —, que peut-être elle prend en main avec un professionnel, et qu'elle n'aurait pas voulu dévoiler, je n'en sais rien et quoi qu'il en soit, je ne lui en veux pas.

La névrose entre son amour pour TOUTE SA FAMILLE et sa jalousie envers moi, peut-être d'autres est, je pense, très très dure à porter.

J'avais en février fait une longue nouvelle très belle, qui m'a coûté une nette augmentation de mon traitement, je ne sais si je dois la publier (elle est admise à l'édition), car je sais que ma sœur est malade, maladie je pense comme la mienne, incurable, mais différente. Je veux lui dire :

N'aie pas honte, comme moi, ta maladie, crie-la et excuse-t'en. C'est cela, le plus important ! On peut s'excuser d'être qui l'on est, car, <u>comme le monde</u>, personne n'est parfait, mais <u>il ne faut</u> jamais en avoir honte. C'est une partie (sensible) de nous et pour faire avancer les choses, <u>il ne faut pas avoir honte de sa sensibilité</u> : <u>la crier</u> pour qu'elle soit comprise, admise.

Ma sœur, gens imparfaits, moi inclus😊, je vous aime !

Malgré ces mots, tardivement, je comprendrai que ma sœur n'est pas obligatoirement jalouse, sans doute l'opposé, responsable. Je ne dois pas avoir honte, mais m'excuser.

*– Clarice*

*Dave Gates a demandé à acheter le bois en pleine période de décès de papa, il a semé **la Zizanie**, le bois n'était toujours pas à vendre et il ne l'est pas.*

*Je m'exprime comme je veux, comme je peux et comme j'ai envie, qu'est-ce qu'il vous prend ?*

*Des intérêts à défendre ?*

*Que vient faire Yan dans toutes ces histoires ?*

*– Bonsoir, Neimad.*

*« Que vient faire Yan dans toute cette histoire ? » C'est une blague ?*

*C'est mon mari, Neimad. Les époux contribuent ensemble aux revenus du ménage, lui plus que moi, d'ailleurs. Alors, quand ces revenus aideront maman, il sera plus que légitime à donner son avis. Et ils se doivent assistance, alors quand il pense que je peux être lésée, il s'inquiète et défend mes intérêts, c'est normal et non honteux. Yan n'a rien contre toi. Il pense qu'il faut un traitement égal entre enfants, c'est tout.*

*Ce qui est difficile avec cet argent que nos parents te donnent, c'est que tu le prends comme un dû. Pourquoi ? Ce n'en est pas un. Ils l'ont fait parce qu'ils pouvaient et parce qu'ils t'aimaient. Mais ils ne te DOIVENT ni pension, ni salaire, ni autre terme. Ils n'ont aucune OBLIGATION financière à ton égard. Je suis contente que maman t'aide, mais c'est un merci qu'elle mérite, et tout irait mieux si tu savais le dire ou le montrer, mais sûrement pas un « tu dois me verser une pension ».*

Alors là, j'interromps, qui a dit ça, pardon ?!

*– Pour en finir, j'espère, avec Dave Gates, il m'a dit au téléphone, lorsqu'on échangeait pour la maison, que SI UN JOUR nous étions vendeurs, il serait intéressé. Il n'a mis aucune pression. C'était bien après le décès de papa, puisque nous avons fait*

*sa connaissance pour la vente de la maison du Port, qui n'a pas démarré tout de suite après le décès, et sur laquelle il n'est arrivé que tardivement, après Maric Thoubas.*

Clarice, le souci est que la pression a continué et moi, j'ai dû renoncer, cette nuit, car vous me rendez fou.

*– Maman a dit que PERSONNE n'allait plus à ce bois, et que l'entretien de l'accès lui causait du souci (Monsieur Aubry prenait très cher, heureusement qu'elle a trouvé quelqu'un d'autre). Donc elle a pensé que c'était une bonne idée de s'en défaire. Dave Gates n'a mis de couteau sous la gorge de personne.*

*Je ne sais pas ce qu'il faut penser de ce monsieur que je ne connais pas, mais de toute façon, ON S'EN MOQUE. Il n'a fait que passer dans nos vies et il faut arrêter de « psychoter » sur lui. Tu as mieux à faire, non ?*

*Ce qui m'a fait de la peine, pour répondre à ta question, c'est le mail très agressif et personnel transmis à madame Gauvain, avec des « ma sœur » très critiques et rageurs. Je ne pensais pas mériter ça. Et elle a dû être très étonnée que tu lui racontes ta vie.*

Le Neimad qui a écrit ça n'est pas le Neimad de Fromentine, avec qui on peut échanger avec bonheur. C'est le charme de la schizophrénie, j'imagine. On va donc attendre une meilleure phase et interrompre ces échanges, qui ne déboucheront sur rien puisque tu ne tiens qu'à t'imposer, en homme libre, qui dit et fait ce qu'il veut, tant pis si ça blesse ceux qui l'aiment.

À bientôt.

– Clarice, arrête,

Tu affabules (regarde sur Google) sur la relation entre notre mère et moi et cette pension alimentaire est déclarée comme telle aux impôts. Maman et moi, on s'aime et se le prouve chaque jour.

Nous sommes encore allés au bois en début d'année en rentrant de Poillé et j'y ai déraciné des arbustes qui poussaient dans le chemin (comme régulièrement et nous n'en informons pas systématiquement maman. Comme pour le reste, j'essaie d'avoir une vie, ma vie, qu'y a t-il d'illégitime ?)

D'où vient ce besoin que je te rende des comptes (ou à d'autres) ? J'ai eu le tort de te mettre la copie du mail à madame Gauvain, tout est mal interprété et mon vœu était (en toute logique) que la réponse vienne d'elle. Merci à ceux qui m'attribuent des *incohérences (par défaut) d'être eux-mêmes logiques.*

*La pension alimentaire, si j'essaie de suivre ton raisonnement, justifierait que je fasse un compte rendu mensuel de ma vie à maman ?*

*Ne prends par tes rêves pour des réalités, c'est dur, ce que je t'écris là, mais il faudrait un jour le voir. Comme tu le dis si bien, tu es mariée, moi, je suis pacsé, nos vies sont indépendantes, pas de jalousie possible ni d'introspection sur notre vie, à Christiane et moi.*

*Je suis désolé, Clarice, j'avais espoir que tu te détendes avec la retraite, tu sembles vouloir régenter. J'espère que ce n'est qu'une impression.*

Je comprends que Clarice est soucieuse de maman, mais qu'en voulant faire avancer les choses, elle les empire. Cependant, plus les choses progressent, plus je vois que ma mère et ma sœur s'angoissent au sujet de l'argent de maman, qui est pourtant une somme de 80 000 euros (plus 90 000 euros, la valeur de sa maison, plus l'héritage qu'elle va toucher le 27 de la maison du Port (et le bois)). J'entrevois que ma sœur est en quelque sorte un « détachement du gouvernement Macron 😀 ».

*Oui, je suis libre, comme toi, tu as toujours souhaité être une femme libérée[1] et moi, je l'ai*

---

[1] Libérée (qui signifie, dans cette expression, non pas, une femme qui passe d'un partenaire à l'autre, qui n'a pas de

*toujours compris comme tu le souhaitais, ce qui t'a autorisé trois beaux fils, (je ne me suis rien autorisé de mon côté, ma femme n'aurait pas été « libérée »). C'était ta chanson en 2003. Ça s'arrête là. Fais comme tu as toujours fait, t'occuper sainement, ce que moi-même j'essaie de faire, mais il se trouve tant d'interférences, et depuis si longtemps. La famille particulièrement entra dans ma vie de façon, je ne trouve plus le mot, intrusive déjà, ne donnant pas le quart d'info sur sa vie, et voyant le tort que cela me fait de se mêler de mes affaires (à vous aussi), oublie-moi un temps. Cette pension alimentaire aurait pu avoir cet avantage : que vous ne vous inquiétiez pas de moi.*

*Je voudrais mettre cela sur le compte de l'amour, mais c'est trop lourd.*

*Bonne journée, cela fait plus de vingt-quatre heures que j'essaie de satisfaire tes quatre (et cinq) mails. Maintenant, je vais prendre le temps d'aller chercher de l'essence pour m'occuper de maman demain.*

---

partenaire fixe, qui s'est donc libérée des contraintes sociétales sur la sexualité féminine), mais : libre (non soumise). « Libérée » est généralement assez contradictoire avec la notion de mariage.

Neimad s'en est donc dégagé tout en restant responsable (sans enfant). Formaté par sa sœur, qu'il respecte, dès l'adolescence, cela a été inconscient et ses conjointes ne savourant pas leur côté respectées (qui devrait être le terme).

*Si tu m'y autorises, je vais essayer d'avoir une nuit normale et me préparer pour la route.*

*Neimad*

*Enfin, désolé, mais je vis toujours le deuil de papa et ça ne se commande pas, un an ne me suffit pas.*

## 2) LE LENDEMAIN

Le lendemain, le réveil est très dur, je failli vomir et prends un anxiolytique comme sédatif (sur mon traitement mensuel (encore, ça recommence !)) Je ne vomis pas, heureusement.

*– Neimad, il est stupéfiant de devoir te l'expliquer, mais le fait que NOTRE mère TE donne SON argent et que JE doive pallier quand il n'y en aura plus, ça me regarde sacrément.*

*Je ne demande qu'à te laisser vivre ta vie, maman aussi, je pense. C'est toi qui impactes la nôtre en pompant l'argent familial.*

*Ne t'inquiète pas, tu pourras continuer à le faire tant que ce sera possible, comme tu vas continuer à profiter du bois.*

*Papa m'a dit un jour à propos de ces dons mensuels, qu'il ne semblait pas du tout considérer* comme un dû, lui, que « Neimad avait de la chance que je sois de bonne composition ».

J'aimerais que tu en prennes conscience, toi aussi, au lieu de prétendre que ces dons sont légitimes et irréversibles. Maman n'est pas responsable de ta maladie et n'a donc aucune obligation d'y pallier. Google dit qu'elle le peut, et elle le fait, pas qu'elle le doit.

Je serai de bonne composition tant que ce sera possible, mais l'avenir m'inquiète. Et le passé m'a souvent interpellée sans que je te dérange en t'en parlant, je crois. Tu serais certainement plus autonome si tu avais eu, comme Christiane, le courage d'accepter un emploi protégé, notamment. Ce n'est pas facile ? Mais tu crois que tout est facile pour les autres ?

Je pense que ce don appelle une contrepartie. Il ne s'agit nullement de rendre des comptes sur ta vie à maman, mais qu'elle puisse compter sur toi. C'est le cas le plus souvent, comme aujourd'hui, et je t'en remercie.

Mais je vais te raconter quand j'ai commencé à interroger ces dons : l'année dernière, en août, on lui a fixé un rendez-vous d'ophtalmo le matin — elle n'a pas toujours le choix — et tu as refusé de l'emmener.

Elle a dû quémander de l'aide et a beaucoup stressé. Tu as montré à Fromentine que tu étais tout à fait capable de te lever, alors, pourquoi tu lui as fait ça ?!

Et il ne s'agit pas d'un moment de faiblesse précis : si j'ai bien compris, si elle a un rendez-vous le matin, elle se démerde !

Colette Lami l'a finalement conduite l'an dernier, sinon il était prévu que ce soit moi. C'est parfaitement normal, et ce sera le cas plus souvent désormais, mais j'étais à Fromentine, où Yan venait d'être enfin en vacances.

Je t'assure qu'en roulant mes deux cents kilomètres pendant que mon frère, disponible, proche et subventionné DORMAIT, ça aurait bien fait fondre ma bonne composition !

Alors, on va essayer de continuer comme ça, Neimad, mais garde à l'esprit que quand on bénéficie d'une générosité absolument pas due, on renvoie l'ascenseur, que ça arrange ou pas.

## 3) Entre Du, Devoir et Droit

– Clarice, je suis désolé, avec tout ce que je t'ai écrit, tu devrais comprendre que je ne considère pas cet argent comme un DEVOIR, mais comme un DROIT (autant que ce don de maman lui donne droit à réductions d'impôts) (sans obligation, c'est le sens premier). Je t'ai écrit que j'étais d'accord pour essayer autrement (j'avais même écrit que j'aurais *préféré voir quand maman serait en foyer, tu ne veux pas, c'est comme ça. Moi, entre ce que je préfère et ce que je peux, il y a peu de différence. Comment font tes amies, je ne comprends pas, elles font quoi de leur vie ? Tu dois bien pourtant constater ce qu'est vivre sans le sou sans en être responsable ? Mais ne viens pas voir ce que j'aurai dépensé jusqu'ici et surtout n'y regarde pas, tu aurais des surprises. Je viens de relire que j'ai proposé à maman vers février-mars qu'elle verse moins. J'aimerais te comprendre, j'ai bien compris que d'après toi, je pompe maman. Il me semblait avoir remercié maman d'avoir refusé. C'est un jeu sadique ?*

*Je t'ai aussi écrit que depuis 2017, je retravaille comme écrivain (que j'ai aussi travaillé de 2009 à 2012 comme auto-entrepreneur et que ça a été très douloureux (courageux : à toi de voir où les fonctionnaires trouvent leurs salaires)). Si je n'ai pas voulu emmener maman, c'est aussi parce qu'à l'époque, je ne m'endormais pas (comme ces jours-ci), alors je travaillais et que le matin, drogué au café, je peux être invivable si je me réveille, endormi, de toute façon sans réflexes, dangereux, tétanisé. Ça, tu ne le connais pas, mais Kiki pourrait t'en parler : j'ai souvent peur de moi et pour ceux autour de moi. Je peux te dire que si toi, mon handicap te fait plaisanter, moi, je ne joue pas avec, je ne joue pas, ne plaisante pas avec : j'ai dit que je ne pourrais pas, je le voyais bien ! Il s'agissait de faire deux fois soixante-quinze kilomètres AU VOLANT et d'orienter maman. Cela dit, je l'ai fait trois fois.*

*Concernant les yeux de maman, avant la pension alimentaire, je l'ai emmenée jusqu'à Nantes. Enfin, les taxis et les VSL ne sont pas faits pour les chiens ! Pour les personnes de quatre-vingt-deux ans, il lui fallait une ordonnance. ZUT !*

*<u>Je ne vous prends ni toi ni Yan pour des pompes à argent non plus.</u> On aurait acheté la voiture pour faire plus de kilomètres (kilomètres qu'on fait très peu) et même autre chose, il n'y a pas plus économique pour le volume qu'aurait souhaité Kiki (elle n'a que le sens des petits chiffres et pas des gros, « pas sa faute », le monde n'est pas parfait). L'argent du repas pour mon anniversaire, on l'a partagé à deux, comme chaque fois, Micky, dernièrement Sissi, ça devient indiscret. Entre dans une association de consommateurs, Clarice.*

*Par contre, si en ta présence, je dépense, c'est pour être rassurant, mais ça ne marche pas.*

*Si je vous donne des chiffres sur mes économies, c'est bien ça aussi, et si vous réfléchissez, c'est pour prouver que je n'ai pas à « taxer », « pomper »… et zut ! Quand te satisferas-tu d'une réponse simple ?*

*Je ne t'ennuie pas, passe un bon dimanche.*

*Au 27.*

Fort heureusement, Christiane et moi n'avons pas d'enfant, c'est une des raisons de notre union. Ce n'est pas un hasard, depuis le musée, c'était compris, ni pour moi ni pour l'équilibre mental de l'enfant.

Je comprends tardivement que Clarice ne saisit pas mon inaptitude au travail, parfois dans la vie, comme rendre des services à ma mère tout en travaillant (ici comme écrivain). Déjà, j'arrive à travailler les nuits et les week-ends, c'est cartésien que je ne peux être du soir et du matin. J'ai bien posé explicitement les choses, on ne me sollicite pas les matins. Heureusement, j'ai des facilités avec les langues. Cette nuit, j'ai dormi de 9 h 39 du matin à 14 h 30, un dimanche ! Au coucher, ce matin, je me disais que je suis fou, mais je vois bien qu'ils me maltraitent, inconsciemment ou sciemment, mais c'est un fait (et du coup, Christiane aussi, qui est à faire de la chaînette au crochet depuis trois heures et dont je ne peux m'occuper, devant pour mon équilibre — donc le nôtre — mettre les choses à plat).

Je suis mon propre ESAT, j'ai aussi cette ambition, même si c'est fou. De toute façon, c'est mon étiquette.

# Les différences, un droit

## 1) « IL PENSE QU'IL FAUT UN TRAITEMENT EGAL ENTRE ENFANTS, C'EST TOUT »

Pourtant, nous n'avons pas la même vie, loin de là.

Si lui, il veut entrer en ESAT, il fait la demande, ça sera prendre une part de mon handicap. Ce n'est pas injurieux il faut juste qu'il comprenne l'effet que ça lui ferait de retourner à l'école, quitter son bureau (d'où peut-être il délègue, je n'en sais rien, ça ne me concerne pas, pas plus qu'eux mon travail, que je fais comme thérapie, en mettant à plat, pour digérer l'indigeste).

Peut-être ne sait-il pas qu'on ne démissionne pas d'un ESAT, qu'il n'y a pas de CDD et qu'alors, on perd son AAH (à moins que ça soit négocié avec la MDPH[2]).

Il me rend fou.

---

[2] Maison Départementale des Personnes Handicapée.

Lent, je le suis. La raison : je n'ai eu dans les huit mois qu'une nuit en gîte de vacances et cinq jours avec ma sœur. Le reste est majoritairement de la marche à la pharmacie ou des promenades autour du bâtiment. Le travail n'est pas qu'écrire, ça, c'est un plaisir, un soulagement. Parfois une extase, mais c'est la partie émergeante de l'iceberg : je suis auto-édité.

Je n'ai pas de RTT, de voiture de fonction… et normalement, je n'embête personne, encore moins de chez moi (moi).

Christiane et sa curatelle me diront si ma Kiki est libre d'assumer sa voiture seule et de garder ainsi le confort qu'elle mérite.

On saura ainsi si je peux me passer de l'aide de ma mère intégralement, bon Dieu, j'espère que ça irait mieux !

Comme dit Kiki, alors, moi aussi, j'aurai peut-être une aide à l'autonomie de la MDPH (ma « subvention à moi… »)[3]

---

[3] Celle avec le Musée de Juigné aurait été exorbitante dans de nouveaux locaux. Sans l'âme du fondateur, mon père, je ne voulais pas de cela : Un « Amusant Musée » non amusant… moi, comme il avait pensé, le clown triste, très peu pour moi. Désolé, papa, la vie m'aura naturellement mené au rôle d'écrivain.

## 2) LA NUIT DU 22 : « CHEZ NOUS ON A UN BESOIN FOU D'AMOUR »

« Ce soir, je réalise que ma sœur, comme mon père, comme moi, nous avons un besoin fou de reconnaissance, d'amour.

Je viens de découvrir que c'est ce qui crée ses jalousies "maladives" — alors qu'elle n'a rien à m'envier, alors qu'elle a tout —, que peut-être elle prend en main avec un professionnel, et qu'elle n'aurait pas voulu dévoiler, je ne lui en aurais pas voulu.

Une névrose entre son amour pour TOUTE SA FAMILLE et sa jalousie envers moi, peut-être d'autres serait, je pense, très très dure à porter. »

Maintenant, je comprends que **non, elle n'est pas jalouse**, elle a **une âme de cadre**, **déformation professionnelle** comme directrice en fin de carrière d'école préscolaire et elle-même femme de cadre, qui la dépasse. Ce sont ma maladie comme mon métier qui la dépassent aussi.

J'avais en février fait une longue nouvelle très belle, qui m'a coûté une nette augmentation de mon traitement, je cherche à la publier finalement, car je sais que Clarice n'est pas malade, ou ce serait une maladie, je pense, comme la mienne, elle, pas incurable, mais différente. Je veux lui dire :

**N'aie pas honte, comme moi, tes soucis, crie-les et excuse-t'en. C'est cela, le plus important !**

**On peut <u>s'excuser</u> d'être qui l'on est, car, comme le monde, personne n'est parfait, mais <u>on ne doit jamais en avoir honte</u>, c'est une partie (sensible) de nous et pour faire avancer les choses, <u>il ne faut pas avoir honte de sa sensibilité</u>, <u>il faut</u> la crier, pour qu'elle soit comprise, admise, sinon elle devient fragilité.**

**Ma sœur, gens imparfaits, moi inclus😊, je vous aime ! »**

Ma sœur, Clarice, je suis désolé, mes schizophrénies paranoïdes, cette fois, je ne m'en rendais pas compte, encore, souvent, j'en doute.

Les pics contre quelqu'un comme nous mènent au désastre, « il n'y a pas que Maille qui m'aille », mais « Quand on n'a que l'amour à offrir en partage… », alors pas de marécage 😊

Excuse-moi, je suis ou j'ai été fou. Il m'a fallu mettre à plat tout cela sur papier.

Tu vois, je suis long à la détente, mais parfois, ça part en flèche et décroche le fruit.

Je t'aime, ça, ça se dit 😊 ?

### 3) COMPRENANT QUE DANS CE MONDE D'ARGENT, IL FAUT DES RICHES ET DES PAUVRES (DE MOINS EN MOINS PAUVRES)

Constat de ce que j'ai écrit le 21 (nous sommes dimanche 23 août 2020 : l'heure d'une synthèse) :

*« Bonjour, S, j'espère que vous allez bien, Pour ma part, vacances très originales. Ça va mieux, mais ma sœur et mon beau-frère m'inquiètent :*

*- Elle, très jalouse, car j'ai eu envie d'avoir ma première et sans doute unique petite propriété : un bois de quarante ares que ma mère voulait vendre (mais avec ma sœur, il faudra oublier, malgré, sous peu, un modeste héritage à trois d'une vieille maison où j'ai logé sans loyer, moyennant mon maintien au musée).*

*- Un beau-frère qui m'a aujourd'hui l'air cupide, capable de demander en avance sur héritage les 30 000 à 33 000 euros qui m'ont été présentés comme une pension alimentaire spontanée ! Je n'ose vous dire leurs revenus. (Je ne suis pas étonné d'avoir eu à augmenter mon traitement médical fin février face à ces, aussi,* "characters" *(en anglais)). Si nous, on peut être un peu Bidochons, eux, ce sont de riches* "Slimpsons" 😄 *(« maigres et secs, Simpsons»).*

*Bref, cela fera peut-être ou sans doute une autre histoire.*

*Mon éditeur est d'accord pour éditer* Ce qu'elle veut voir *à condition que je revoie la mise en pages.*

*Cela aura t-il un coût ? Si oui, pourrai-je avoir un devis. Je crois en effet avoir ajouté il y a quelques mois une conclusion et des remerciements à rallonge, biens, mais à rallonge, car j'ai du mal à imaginer une telle famille. Ça date déjà de février ! J'ai essayé de ne rien faire de cet écrit, mais la hargne de Clarice me dépasse et mes propres répliques aussi.*

*Je vous envoie le livre, dont j'ai modifié la signature : "Neimad, le bon perdant", en "Neimad" (celui qu'on fait de moi).*

*Je termine ce travail qui avait donc été fait dopé (ma sœur me reprochant encore cette semaine-ci de ne pas travailler et d'après elle en ESAT. Ma conjointe ne m'imagine pas là-bas malgré son expérience de vingt-huit ans d'ESAT.)*

*Le jour où je n'aurai plus les finances d'écrire approche, nous avons baissé la pension alimentaire de moitié. J'espère que les ventes démarreront réellement pour améliorer ma retraite mais je reste intègre, ne parle pas faux. J'attends l'avis de la curatelle de Christiane pour sa voiture. Donc si je peux me passer d'aide alimentaire, pour une hypothétique aide à l'autonomie, je devrai voir avec la psychiatre sur le conseil de Christiane. Mon handicap ne se voit pas, mais elles, elles savent.*

*Il va falloir que je fasse une suite à ce livre et j'espère que la fin sera heureuse pour tous.*

*J'espère que vous rentrez en forme. Ma sœur est, elle, une vraie mitraillette, je suis encore, comme toujours, obligé de la calmer au bazooka. Elle est à la retraite depuis peu, moi pas. En attendant, je renonce à ce bois, car nous pouvons être obligés de nous passer de voiture. On verra. C'est moi qui ai proposé à ma mère de baisser la pension de moitié pour calmer Clarice, elle qui croit ou voudrait faire croire que je considère cette pension comme un dû (elle m'a demandé si j'y serais prêt si maman entrait en foyer, ce qui est complètement dans ses moyens et peut approcher). J'ai toujours refusé de répondre aux prétentions calomnieuses qu'elle me prête. Longtemps, je fais traîner les explications, car je n'ai pas de comptes à rendre, surtout pour expliquer qu'il y a confusion, comme toujours, à mes dépens. Maman, quand l'AAH a augmenté de 90 euros, je lui ai proposé de baisser la pension alimentaire d'environ 25 ou 50 euros, elle m'a répondu, à l'époque, que ce n'était pas la peine. Je l'ai justement remerciée, elle semble avoir oublié, c'est la vie. Je pourrais moi aussi être jaloux de tous (fille et mère, ma mère est généreuse).*

*En fait, le dû par mon père était pour le paiement annuel de son site internet, avant l'augmentation de l'AAH. En effet, je n'y arrivais pas avec notre petite C3 qui m'aura beaucoup servi pour ma mère, et sur la fin de sa vie, à Thierry (Cf :* Ma plume à Pierrot).

*Les soirs, je n'arrive pas à croire que Clarice ou son homme sont ainsi, je ne m'endors pas, mais je dois renoncer à ma naïveté… Ou eux ouvrir les yeux sur ma bonne volonté. Je ne traîne ni aux cafés ou ailleurs, il y a plus de cinq ans que je n'ai pas vu un film en entier (pardon, si,* Un sac de billes). *Je ne joue pas, ne bois pas, mais vapote. J'essaie de vendre mes livres malgré une étiquette lourde à porter, difficile à comprendre. D'ailleurs, il faut que j'aille sur le site de l'URSSAF des artistes-écrivains… Amicalement,*

*Neimad »*

Dans cette famille, il y a de tous côtés des problèmes de confiance. Seuls ma mère et moi nous soignions. « Les autres, c'est l'enfer » : de la morale (bas moral 😀) sans s'être regardés, des masses d'argent et de rentrées d'argent, chez eux c'est toujours plus, chez moi toujours moins. Ils vont finir par se faire accuser de « gauche caviar ».

Quoi qu'il en soit et heureusement, cette pension alimentaire, il faut qu'on comprenne que Christiane a l'argent, la curatelle est la tête pour étudier le cas et ce n'est pas normal que je n'aie pas d'aide à l'autonomie.

*À suivre...*

*Neimad*

# Conclusion

Je reprends doucement confiance, en seront-ils tous dignes.

Sur la fin de ma vie, peut-être celle de ma mère, je mourrai peut-être idiot, mais chanceux ; je mourrai peut-être idiot ou plus chanceux, mais je mourrai heureux !

Tulipe, ma jeune chatte de dix mois, comme au début de la COVID 19, à la fin de *Ce qu'elle veut voir,* vient enfin chercher les caresses sur moi, dans ce fauteuil.

Mes larmes coulent, je suis heureux et ma femme, ma Christiane, ma Kiki, va se lever, constatant mon épuisement, mais je suis heureux de comprendre que ma sœur n'est pas jalouse, mais riche et responsable. Moi, j'avais juste l'ambition d'être riche et généreux. C'est incompatible, peut-être, cela peut expliquer ma position ? Responsables, ma femme et moi, nous le sommes tous les deux.

Moi, j'y crois ! C'est une question de foi (en sa famille).

La médecine n'y peut plus rien pour l'instant, seulement les gens compétents…

Je pourrais leur en vouloir d'avoir, par moi, tiraillé ma mère en me refusant l'aide à l'autonomie depuis plus de dix ans, mais la perfection n'est pas de ce monde, crions-le ! Excusons-nous-en, en même temps.

# Annexe : folies

*Excuse-moi, Clarice, je ne lis plus tes mails, je suis trop troublé par les suspicions (étaient-ce insinuations, cupidité ?) de ton mari par ton intermédiaire. J'espère qu'il ne t'a pas formatée suivant son moule ni qu'il te maltraite. Si c'est le cas, à malsain malin entier. Mais pourtant, cela ne vous ressemble pas.*

*Voici le plan de la ville du notaire. Nous avons repéré l'endroit avec maman, si la carte est prise sous un angle pas trop serré (j'espère), cela devrait être là, à droite au rond-point de LDC, à gauche au rond-point suivant, tu entres alors dans un nouveau quartier qui n'est peut-être pas dans le GPS (un peu vide). Après une centaine (même pas) de mètres, face au transporteur (camions) que tu côtoies, une rue courte qui mène aux assurances à gauche.*

*Face à elles, la rue Jules-Verne et écrit en très gros le nombre 08.*

*J'ai entrevu la sensibilité d'Armand aujourd'hui, il a été le seul à débarrasser la table de maman, laver les verres en échangeant. C'est aussi un gars bien et je suis fier d'avoir vu mes trois neveux près de mamie à midi. On aurait tous bien discuté et rigolé plus, mais le temps pressait et j'étais parti de La Flèche stressé à en vomir… un bon rot grâce à un verre d'eau et un sédatif ont suffi pour garder le peu mangé comme forces. Mais tout va bien. Il faudra de votre côté réfléchir si je n'ai pas de voiture dans six mois, car on remet ça tous les six mois. En tout cas, ils étaient bien cool, à l'hôpital.*

*Tu dois avoir deux œuvres de grand-papa de très longue date chez toi. Il y en a trois chez maman, de quoi en faire cadeau à son décès à chacun de ses petits-fils, tant que je n'ai pas d'héritier. Si un n'en souhaite pas, cela serait bien que la famille des Franck en profite. Aline aurait voulu le petit bonhomme à l'accueil de la maison du Port-de-Juigné, mais c'est l'âme de l'atelier avec la maison, ou le peu qui en a été laissé. C'est bien comme geste, pour quelqu'un qui s'intéresse à cette maison, de l'y laisser. Il a du mérite, ce monsieur que nous voyons le 27.*

*Oui, si un de tes fils n'est pas intéressé (je n'ai pas dit que je ne l'étais pas), ça serait sympa de remercier les Franck pour ce que fait le papa POUR MAMAN.*

*Bisous, ma sœur, au 27,*

*Neimad*

*Bonjour, Neimad,*

*Merci pour cette information (sur le renoncement au terrain). Je vais donc faire de même de mon côté, maman signera jeudi si ce n'est déjà fait.*

*Tu peux conserver cette pension de 250 € tant que maman le pourra, et je n'en demanderai pas la prise en compte au moment du partage, sauf nécessité.*

*Tu m'as contrainte à te bousculer.*

*Ce qui donne le sentiment, pénible, que tu considères cette pension comme un dû, c'est que tu ne l'as pas remise en question quand les revenus de maman ont diminué, alors que sa contrepartie automatique, une assistance <u>fiable</u> à maman, est, elle, soumise à ton bon vouloir. Une assistance aussi fiable que le versement de cet argent tous les mois, ni plus ni moins.*

*Tu dis avoir proposé en février de la diminuer et je vais te croire, mais tu as eu l'air drôlement surpris quand moi, je l'ai évoqué.*

*Tu aides maman, je t'en ai remercié et t'en remercie à nouveau. Comme un fils voisin et disponible, qui n'a que cinquante-six ans, pour reprendre ta formule, le fait.*

*Mais pourquoi décréter qu'elle se débrouille pour les rendez-vous qu'on lui impose le matin ? Je* serai disponible désormais et m'en chargerai, mais instaurer ce principe était incorrect. Si nous refusons de nous lever un matin, Yan et moi ne serons pas payés. Toi, tu le serais ? Ce que nous choisissons de faire de nos nuits, toi comme moi, nous appartient, mais les gens qui nous paient n'ont pas à l'assumer.

Maman t'a demandé si tu pouvais nettoyer l'accès au bois, tu as refusé de lui rendre ce service, pour lequel elle a dû chercher et payer quelqu'un. Pourquoi ? Tu dis aimer ce bois, chercher l'exercice physique et je t'en félicite, tu es disponible, n'as que cinquante-six ans et es redevable à Maman.

De même, elle doit payer quelqu'un pour tondre sa pelouse.

Accepter de l'argent crée une dette, que ça nous arrange ou pas. Ce peut aussi être l'occasion d'un échange gagnant/gagnant, celle de gagner une dignité, de faire plaisir à quelqu'un qui ne sait pas quoi faire pour t'aider.

Maman peut être saoulante, je le sais aussi bien que toi, je n'ai pas dit que c'était facile, j'ai dit que cette pension fait que tu le lui dois.

Laisser passer l'occasion de vendre ce bois à un prix correct, pour que tu refuses de l'entretenir et y ailles… combien de fois par an ? Cela me semble peu pertinent. Je comprends ton besoin d'espace et de propriété, mais tu pourras acheter ce qui te plaira, près de chez toi, et en faire ce que tu veux, un lieu à toi, avec ta part de la maison du Port.

*Je comprends aussi ton besoin d'exister, mais l'exprimer en t'en prenant à maman, ou à moi, ou même à Christiane, à qui tu te vantais récemment de « n'avoir rien laissé passer » n'est pas une bonne idée. On ne gagne rien à mordre la main qui vous caresse. Au mieux, elle se lasse, au pire, elle se retourne contre toi, comme tu m'as obligée à le faire.*

*Peut-être devrais-tu revoir ton psychiatre pour trouver d'autres moyens avec lui ?*

*À jeudi, Neimad.*

# Remerciements

Occasionnellement, je ne vais presque remercier que Clarice, car c'est le premier rôle (avant Neimad), sujet riche de vocabulaire, passionnant, où malgré toutes les anicroches dévoilées, tout avec elle révèle une transparence, une personne sans détours, intuitive et fonceuse et c'est la sœur que j'aime, avec qui toujours on va de l'avant. Elle ne veut pas voir de handicap : c'est une sœur. Et moi je ne veux pas travailler au noir pour mes parents, comme dans l'ancien temps, qui plus est avec déjà un travail (et un handicap qu'elle REFUSE DE VOIR) de nuit comme écrivain, on ne peut être du soir et du matin. Je cotise à l'URSSAF des artistes écrivains, et mon prénom c'est Damien.

Après un début d'année difficile pour nous deux aussi, avec le coronavirus, que ce livre effacera, qui avait donné *Ce qu'elle veut voir,* que je ressens aujourd'hui comme une fiction, et qu'elle comprendra, il était temps que le bébé naisse, peut-être sous la forme de jumeaux, avec leurs DAMIEN différents.

On n'oublie jamais sa mère quand on parle sœur : merci, maman, de nous avoir gardés unis tous les trois, merci, les mères qui ne se prononcent pas plus pour un enfant que pour un autre.

Je suis persuadé que mon beau-frère n'est pas un simple « beauf ». Merci à Clarice de l'avoir choisi (je me souviens de la compétition qu'il y avait et en souris encore 😊).

Merci, Kiki, pour tes vis-à-vis. Pour une fois, j'aurai empiété sur moins de nuits…

Un grand merci à ma correctrice, Sandrine Marcelly, qui à l'occasion m'a soufflé un mot de vocabulaire, et à mon éditeur.

Neimad Siobud

# Du même Auteur

DEUX LETTRES : Je t'aime ET dans la dignité, septembre 2020

*Ce qu'elle veut voir (tome 1),* septembre 2020

# Table des matières

© 2020 SIOBUD, Neimad
Édition : BoD – Books on Demand, 12/14 rond-point des
Champs-Élysées, 75008 Paris
Impression : BoD - Books on Demand, Norderstedt,
Allemagne
ISBN : 9782322252503
Dépôt légal : Octobre 2020